ALICE LERISQUE
SUPER EXPLORATRICE

Jennifer Bell - Alice Lickens
Illustrations de Pauline Duhamel

ALICE LERISQUE
SUPER EXPLORATRICE

S.O.S. forêt en danger

Traduit de l'anglais (Royaume-Uni)
par Marie Cambolieu

Albin Michel Jeunesse

Du même auteur chez Albin Michel Jeunesse :

Les Extraordinaires

Tome 1 - Les mystères de Londinor

Tome 2 - Le sablier fumant

Tome 3 - L'armée des spectres

Titre original :
Agents of the Wild : Operation Honeyhunt
(Première publication : Walker Books Ltd, 2020)

Publié en accord avec Walker Books Limited,
London SE11 5HJ

22 rue Huyghens, 75014 Paris - www.albin-michel.fr

Pour Logan
J. B.

Pour Barney, qui rend toute chose possible
A. L.

Prologue

Pour Alice Lerisque, qui adorait les bêtes, huit ans sans animal de compagnie, c'était trop. Elle était d'accord pour tout : à plumes ou à poils, avec ou sans queue… Ce qu'elle voulait, c'était s'occuper d'un compagnon rien qu'à elle.

Cette année, pour son anniversaire, elle allait demander — non : EXIGER — qu'on exauce son souhait. Et Oncle Douglas n'aurait pas son mot à dire.

« Les animaux de compagnie, c'est un vrai cauchemar ! » répétait-il.

« Et moi, c'est mon plus grand rêve ! » répliquait Alice, avant de claquer la porte de sa chambre.

Les Papillons

Prologue

Oncle Douglas ne comprenait rien. Forcément : il était agent immobilier. Il ne parlait que de taxes foncières, de bulles immobilières, de prix du marché, et d'un truc qu'il appelait des « frais notariés ». En fait, Douglas Brick n'était pas vraiment son oncle. Son père lui avait un jour raconté qu'il était un grand cousin « issu de germain ». Mais Alice ne connaissait aucun Germain. Elle savait seulement qu'il ne lui restait personne d'autre que lui.

Dans sa chambre, près de la frêle orchidée sauvage qu'elle avait sauvée du froid, Alice avait posé une photo de ses parents, Ranulph et Azalée Lerisque.

« Quoi ? Les célèbres botanistes ? », s'écriaient les gens en entendant leur nom. Eh bien oui, eux-mêmes. « Ce pauvre couple écrasé par une chute de pommes de pin bunya-bunya, alors qu'ils collectaient des plantes rares en Australie ? »

Exactement.

Alice se demandait toujours comment les gens pouvaient connaître les horribles détails de leur accident. Elle rêvait de les revoir. D'entendre son père imiter les cris d'oiseaux rares dans le jardin, de sentir le parfum de sa mère (un mélange d'orchidées et de larves de grenouille) flotter dans le couloir, ou qu'ils la prennent à nouveau dans leurs bras…

… Mais la nature en avait décidé autrement. Alice s'était donc retrouvée dans la grisaille de cette grande ville et seules les plantes à sa fenêtre lui rappelaient qui elle était vraiment.

Un jour, après l'école, Alice fit un détour par son lieu favori : le parc. Un écureuil avait élu domicile dans le troisième érable au bord du lac et elle voulait prendre de ses nouvelles. Elle commençait à s'inquiéter pour lui : il perdait sans arrêt ses réserves de nourriture.

–Et si tu dessinais une carte ? marmonna-t-elle en se penchant sous un chêne pour ramasser quelques glands. Comme ça, tu te souviendrais où tu les caches !

Un petit écureuil maigre, couleur caramel, dévala le tronc, les yeux écarquillés et l'air ahuri. Il la dévisagea longuement, puis poussa un cri plaintif. Alice savait qu'il ne la comprenait pas, mais elle l'imagina lui répondre :

–Eh, je suis un écureuil, moi ! Je ne sais pas dessiner.

Il avait raison. Avec un soupir, elle déposa les glands dans un mouchoir en tissu, qu'elle noua en baluchon.

Ensuite, elle sortit son carnet intitulé « Notes de terrain » de sa poche. Elle y inscrivait toutes ses observations sur la nature. Dans sa liste de « Choses à inventer pour rendre le monde meilleur », elle ajouta : « des crayons pour les écureuils ».

–Je les dépose là, d'accord ? dit-elle à l'écureuil en plaçant le mouchoir rempli de glands sur la branche la plus basse du chêne.

Elle sortit un réflecteur de vélo de son sac et l'attacha au tronc. C'était celui d'Oncle Douglas (il ne s'en servait jamais).

–Avec ça, tu n'auras qu'à suivre la lumière pour retrouver tes glands !

L'écureuil remua la queue avant de grimper dans l'arbre. Alice espérait que la curiosité le pousserait à s'approcher du mouchoir. Alors qu'elle regagnait l'allée principale, elle ne vit pas que deux yeux noirs l'observaient depuis un buisson.

Sans remarquer quoi que ce soit, Alice s'approcha de l'étang. Elle abrita ses yeux du soleil et scruta les flots. Quelques oies cendrées nageaient sous le pont : elles gonflaient leurs plumes grises et faisaient claquer leur bec pour attraper des algues.

Alice chercha la plus petite, qui se tenait généralement à l'écart, sur la berge, l'air boudeur. Elle mit les mains en porte-voix :

–Kenneth ! Je t'ai apporté ton plat préféré !

Avec un *plouf* et un bruit de klaxon enroué, le petit jars gris nagea droit vers elle. Ses compagnes le remarquèrent et s'approchèrent, curieuses.

–Te voilà ! s'exclama Alice lorsque Kenneth grimpa sur la rive en se dandinant.

Alice caressa sa petite tête duveteuse et il ferma les yeux. Elle l'avait nommé Kenneth car, le jour de leur rencontre, il avait tenté de dévorer son livre, *Le Vent dans les saules*, de Kenneth Grahame. C'était étrange… Pourquoi semblait-il si affamé, alors que les passants leur jetaient assez de pain pour nourrir toutes les oies ?

Bien décidée à percer ce mystère, Alice avait parcouru l'un des gros livres de ses parents sur les oiseaux et avait découvert que le pain est en réalité mauvais pour les oies. Pour elles, c'était un peu comme des bonbons : il leur bourrait l'estomac, mais n'apportait pas les nutriments nécessaires à leur santé.

Alice sortit de sa poche un sac en papier rempli de son mélange spécial d'avoine, de graines, de lentilles et de légumes. Elle avait passé des semaines à perfectionner sa recette pour la rendre plus savoureuse.

– Cette fois, j'ai ajouté des graines de tournesol, expliqua-t-elle. Tiens !

Les yeux sombres qui suivaient Alice se mirent à cligner. *Incroyable !* Cette petite fille — sans véritable apprentissage — avait su identifier les besoins nutritionnels de ces oies et avait concocté un mélange pour les nourrir. Au fond, avec de tels parents, rien d'étonnant ! Quelle famille ! Cette enfant possédait des qualités surprenantes que personne ne semblait avoir remarquées.

–Je suis là ! cria Alice en entrant dans l'appartement du vingt-cinquième étage.

–Bonjour, Alice ! cria Oncle Douglas depuis la cuisine.

Alice l'observa à travers la porte. Assis à la table, il pianotait sur son ordinateur portable, les yeux rivés sur l'écran. Derrière lui, une casserole menaçait de déborder. Comme toujours…

Elle secoua la tête et se dirigea vers sa chambre. En ouvrant la porte, elle se figea. Il y avait *quelque chose* sur son lit. La créature ressemblait à un gros hamster, avec une longue queue, de petites oreilles et une étrange fourrure luisante, qui passait d'un orangé couleur flamme sur sa tête à un noir profond sur le reste de son corps. Des poils blancs encadraient ses deux yeux plus sombres que la nuit.

Il la regarda, cligna des paupières et se dressa sur ses pattes arrière. C'est alors qu'Alice remarqua le détail le plus étonnant de son apparence : il portait une combinaison de safari beige, impeccablement repassée et munie de poches.

–Euh… bonjour, balbutia Alice, avant de refermer doucement la porte.

Si Oncle Douglas découvrait un animal dans sa chambre, elle risquait des ennuis. Elle respira profondément et essaya de rester calme. Elle observa l'animal pour tenter de l'identifier :

–Tu es un… un rat ?

La créature bomba le torse, les poings sur les hanches.

–Moi, un RAT ?

Alice dut se cramponner à la porte. Cette créature velue — qui n'était donc pas un rat — pouvait parler ? Comment ? S'agissait-il d'une farce ? Elle fit un pas vers le lit, le cœur battant.

–Pour ta gouverne, répondit l'animal, je suis un *Rhynchocyon petersi*, communément appelé MUSARAIGNE À TROMPE.

Alice bredouilla :

–Un rein-chausson…

–Peu importe, petite. Peu importe, répondit-il. Nous n'avons pas le temps pour de longues présentations. Je suis un agent de la SUPER et tu dois m'accompagner. Tout de suite.

2

D'un air impatient, la musaraigne à trompe se mit à taper de sa patte (poilue) le lit d'Alice et la dévisagea.

–Dépêche-toi, petite. Nous n'avons pas toute la soirée !

Alice remarqua une paire de genouillères posée là et joua distraitement avec les Velcros.

–Qu'est-ce que c'est, exactement ? demanda-t-elle en soulevant l'objet du bout des doigts.

Les genouillères étaient recouvertes d'une substance verte et gluante qui gouttait sur la moquette. La musaraigne à trompe en portait, elle aussi, mais de beaucoup plus petites.

L'animal leva les yeux au ciel.

–Je te l'ai dit ! Il va falloir faire travailler ta mémoire. Les équipements de la SUPER s'inspirent du monde naturel. Ces genouillères sont enduites d'une colle à base de sécrétion de limace. Elles vont nous permettre d'adhérer au mur pour grimper sur le toit.

–Tu veux me faire escalader la façade ? s'écria Alice. Mais nous sommes au vingt-cinquième étage ! Je suis une fille, pas un écureuil.

Il poussa un soupir.

–Pas la façade, mademoiselle Lerisque.

Il sauta au bas du lit et, d'un mouvement de la queue, écarta le miroir accroché après de l'armoire. Derrière se trouvait un trou, sombre et large comme un couvercle de poubelle.

–J'ai pris la liberté de creuser ce conduit avec la pelle à terrier d'un crocodile du Nil. Nous passerons par l'intérieur du mur pour grimper là-haut.

–Mais... pourquoi veux-tu monter sur le toit?

–Pour rejoindre le libelloptère de la SUPER qui nous y attend, voyons! On ne peut pas bêtement emprunter l'escalier: ton oncle nous verrait. Ah, en parlant de ton oncle...

Toc... toc... toc... Il frappa trois fois à la porte de l'armoire, comme pour transmettre un message codé. Brusquement, la porte s'ouvrit et un chimpanzé, vêtu d'une robe en velours vert, de collants violets et d'une perruque rousse, en sortit.

–Ce... ce sont mes affaires! bredouilla Alice, qui se retint de crier. Qu'est-ce que...

Le chimpanzé se tint bien droit, pinça ses grandes lèvres rouges, comme prêt à hurler, puis s'exclama : « Ce sont mes affaires ! » en imitant parfaitement sa voix. Avec une démarche résolument humaine, il s'approcha ensuite du lit, où il s'assit en tailleur et ouvrit un livre, comme Alice le faisait chaque soir.

–Voici Ralph, annonça la musaraigne à trompe. Il s'est entraîné pour t'imiter et ne jamais être vu de face. Comme ça, ton oncle ne remarquera pas ton absence.

Alice cligna des yeux, ahurie.

–Mais… c'est un chimpanzé !

–Bien vu, acquiesça le petit animal. D'après nos études, la plupart des enfants peuvent être temporairement remplacés par des chimpanzés.

Alice n'en revenait pas. Si l'odeur désagréable du mucus de limace n'avait pas envahi ses narines, elle aurait juré qu'elle se trouvait au beau milieu d'un rêve. Elle imagina la réaction de son oncle en entrant dans sa chambre

et en découvrant un chimpanzé assis sur son lit, portant ses vêtements, sous les ordres d'une musaraigne à trompe autoritaire. Elle dut se retenir d'éclater de rire : c'était vraiment trop bizarre !

–Tu ne m'as toujours pas dit pourquoi je dois vous accompagner. Je ne sais même pas ce qu'est la SUPER, comment tu peux communiquer avec moi, ni même comment tu t'appelles !

La musaraigne à trompe s'éclaircit la voix et se tint bien droite.

–*Rhynchocyon petersi*, comme je l'ai déjà dit.

–C'est ton nom scientifique, ça, rectifia Alice. Tes amis ne t'appellent pas comme ça.

L'animal se hérissa.

–Je m'appelle Attenborough, comme le célèbre naturaliste, murmura-t-il. Tu peux dire Attie, c'est plus simple.

Alice croisa les bras et sourit.

–Ravie de faire ta connaissance… Attie.

Elle lui tendit sa main recouverte de la

substance verdâtre. Il haussa les sourcils.

–Je ne suis pas venu ici pour une visite de courtoisie.

De nouveau, il désigna fièrement le badge accroché à sa combinaison. En l'observant, la jeune fille y distingua un logo à tête d'animal. Au centre, un petit voyant clignotait.

–C'est grâce à ce dispositif que je suis capable de te parler. Cette technologie s'inspire de l'oiseau-lyre pour permettre aux différentes espèces de communiquer. C'est aussi l'insigne de notre organisation, la SUPER: Société Ultra-Protectrice des Espèces Rares.

–Rares? demanda Alice.

Attie consulta son bloc-notes.

–Voyons… Est-ce que tu connais le rat arboricole à crête rouge?

Alice se tourna vers sa bibliothèque. Pour ses cinq ans, son père lui avait offert un livre intitulé *Les Rongeurs du monde*. Elle avait beau le connaître presque par cœur, elle n'avait aucun souvenir d'un « rat arboricole à crête rouge ».

–Euh... non.

–C'est parce qu'ils sont rares. Si rares que la plupart des humains ignorent leur existence. Ces espèces rares sont en grand danger et ont besoin de la SUPER.

Alice s'approcha de sa table de nuit, où se trouvaient d'autres photos de ses parents.

–Je ne comprends pas : mes parents étaient des experts du monde sauvage et ils ne m'ont jamais parlé de la SUPER...

Attie considéra soudain ses petites pattes velues.

–Parce qu'ils ne pouvaient en parler à personne... pas même à toi !

–Tu veux dire qu'ils connaissaient l'organisation ? s'exclama-t-elle.

–Ils étaient eux aussi des agents, acquiesça Attie, comme moi. Mais je n'ai jamais eu l'honneur de travailler avec eux... Ils ont démissionné peu après ta naissance, car ils trouvaient les missions trop dangereuses. Nous avons appris leur accident en Australie, continua-t-il avec une hésitation, et toute l'équipe était bouleversée. Nous sommes vraiment désolés...

Il s'interrompit, ému.

Alice observa la photo de ses parents. Des agents de la SUPER ? À en croire Attie, leurs missions semblaient importantes, risquées, passionnantes... tout ce qui comptait pour eux. Personne n'était plus courageux, plus intelligent ou plus aimant que ses parents.

Alice croyait tout savoir de sa famille, mais elle se trompait. Cette nouvelle découverte la sidérait.

–Et tu veux que je t'accompagne ? Moi ? reprit-elle en se rappelant les paroles d'Attie.

Il hocha la tête, même s'il paraissait soudain moins sûr de lui.

–Tiens. Enfile ces gants. Ils sont recouverts de la même substance que les genouillères. Je passe le premier.

Avec un moulinet de la queue, il bondit dans le trou. Alice jeta un coup d'œil dans le conduit: il filait droit vers le toit, un peu comme une paille géante. Elle vit Attie s'aplatir contre le mur et commencer à grimper.

–Fais comme moi, expliqua-t-il en ondulant comme s'il dansait la samba. Essaie de te trémousser.

Il avait l'air ridicule, mais Alice était trop inquiète pour rire. Elle sentit son estomac faire des bonds lorsqu'elle enfila ses gants d'escalade et se glissa dans le trou. Ses mains et ses

genoux se plaquèrent contre le mur comme des aimants. À mesure qu'elle grimpait, elle n'osait plus regarder en bas.

L'idée de poursuivre la mission de ses parents augmentait sa détermination. En suivant Attie, elle en apprendrait peut-être davantage sur eux… ou sur elle-même. Elle avait enfin une chance d'échapper à la vie ennuyeuse, sans animaux, chez Oncle Douglas et d'explorer un univers qui l'attirait irrésistiblement : le monde sauvage. Elle respira profondément et redressa la tête, scrutant l'obscurité. Attie remuait la queue en se tortillant pour grimper. Sa voix résonna dans le vide :

–Allons, suis-moi ! Le temps presse !

Le libelloptère SUPER — un engin volant capable de virer de bord comme une libellule — se posa au sommet d'un gratte-ciel à l'autre bout de la ville. Le bourdonnement assourdissant des ailes résonnait aux oreilles d'Alice lorsqu'elle descendit. Elle lutta contre le vent qui faisait claquer ses vêtements.

–Baisse la tête, Alice! lui cria Attie qui se dirigeait vers l'escalier du bâtiment.

Alice jeta un dernier regard au libelloptère: c'était son tout premier vol.

–Je connais cet endroit, dit-elle en apercevant une enseigne en forme de tête de chat, accrochée à la façade. C'est la tour de la marque de nourriture pour chat « Miaminou » !

–Il nous fallait une activité officielle pour camoufler nos missions top-secrètes, expliqua Attie. Nous avons dû choisir entre la nourriture pour chat et des biscuits.

Il tira la langue, comme si l'un et l'autre le répugnaient.

–De gros matous au conseil d'administration ont imposé cette idée. J'avais bien suggéré les bananes frites, mais...

Alice referma la porte de la cage d'escalier et le vrombissement du libelloptère s'atténua.

–Les musaraignes à trompe mangent des bananes frites ?

–Pas seulement, répondit Attie. En revanche, les sandwichs aux bananes frites et aux graines de courge sont le repas idéal des agents musaraignes. Mais arrête de poser des questions : nous sommes déjà en retard !

Ils descendirent un escalier en colimaçon jusqu'à un ascenseur d'acier qui diffusait de la musique country. Alice regarda Attie, qui lui arrivait au genou. Il sifflotait et tapait du pied en rythme d'un air enjoué. Alice décida alors d'ouvrir une nouvelle page sur son carnet et de noter ses remarques au sujet d'Attie. Elle l'imagina participer à des concours de danse en ligne et se demanda si tous les agents musaraignes aimaient la musique country. Elle n'avait jamais rencontré un animal comme lui : elle voulait en savoir plus.

Quelques étages plus bas, les portes s'ouvrirent et Alice eut le souffle coupé. Elle se trouvait dans une pièce lumineuse, grande comme un terrain de foot, avec un haut plafond et un sol brillant. Des humains et des animaux de toutes sortes allaient et venaient dans tous les sens : ils marchaient, volaient ou galopaient, agrippés à leur tablette ou smartphone. Certains portaient des tenues de safari, comme Attie, d'autres, des combinaisons de plongée.

ACCUEIL

Elle aperçut des treillis et des combinaisons de pilote. Tous avaient le badge SUPER accroché à leur poitrine.

Au fond de la pièce, un bureau d'accueil était surmonté de l'énorme logo. Derrière, Alice aperçut un ours imposant. Elle passa en revue ses signes distinctifs. Griffes : *acérées* ; fourrure : *épaisse* ; taille : *plus d'un mètre quatre-vingt… Un grizzly d'Amérique du Nord*, décida-t-elle.

Attie l'entraîna vers la réception et se hissa sur la pointe des pattes pour atteindre le comptoir.

–Bonjour, Églantine !

L'ourse lui fit un grand sourire, révélant deux rangées de dents pointues.

–Oh, Attie ! ronronna-t-elle d'une voix douce, en battant des cils.

Alice remarqua que la queue de son compagnon frémissait.

Églantine saisit un stylo rose à bout poilu et son bloc-notes.

–Pile à l'heure, comme toujours! Le commandant vous attend. Il a repoussé son rendez-vous avec les détectives allemands quand il a su que tu venais avec Mademoiselle Lerisque.

Elle pointa sa griffe vers deux bergers allemands en costume sombre, assis sur des coussins près d'une grande porte rouge gardée par deux humains.

–Ils sont là au sujet d'Axel Embroche. On l'a de nouveau repéré.

Attie se dirigea vers la porte d'un air inquiet.

–Embroche est un ennemi de la SUPER, expliqua-t-il à Alice. Il braconne des insectes rares.

Alice frémit.

–Comment est le commandant? murmura-t-elle pour changer de sujet.

–Le commandant de la SUPER est le plus sage, le plus redoutable et le plus intrépide de nos agents. Alors, essaie de faire bonne impression. Il accorde rarement des rendez-vous.

Derrière la grande porte rouge se trouvait une magnifique bibliothèque. Les rayonnages étaient parsemés des globes anciens et de télescopes en cuivre, entre des livres où elle reconnut des titres comme *De l'origine des espèces* ou *Moby Dick*.

Au fond de la pièce, il y avait une longue table avec un fauteuil noir, dont le dossier était retourné. Attie toussota. Sa queue s'agitait de nouveau: faisait-il cela dès qu'il était nerveux?

Lentement, le fauteuil pivota. Alice ne savait pas à qui ou à quoi s'attendre. Si la réceptionniste de la SUPER était un grizzly, quel animal féroce pouvait bien la diriger?

Chapitre 3

Quand le siège s'immobilisa, elle étouffa un cri de surprise. Deux ailes noires reposaient sur les accoudoirs, de chaque côté d'une poitrine bombée et emplumée. La tête chauve était marquée de cicatrices et le cou rouge et plissé était couvert de tatouages. Une caroncule rose pendait à l'extrémité de son bec.

Alice identifia aussitôt l'oiseau : les dindons se reconnaissent facilement.

–Excellent travail, Attenborough, déclara-t-il d'une voix éraillée qui fit trembloter sa gorge. La SUPER peut compter sur vous.

Il se leva. Les plumes de son cou ressemblaient à une collerette de costume historique. Il portait une ceinture à outils en toile, remplie de toutes sortes de gadgets. Alice n'en avait jamais vu de semblables.

–Bienvenue au quartier général de la SUPER, mademoiselle Lerisque.

–Mais vous êtes… un dindon, lâcha-t-elle malgré elle.

Gênée, elle plaqua la main sur sa bouche.

La gorge du commandant frémit.

–Surprise, pas vrai? Ici, chaque créature a son rôle à jouer, les hommes autant que les mangoustes! Mon nom est Phil, dit-il en lui tendant l'aile.

Alice serra ses plumes, embarrassée. Elle savait pourtant qu'il ne faut jamais se fier aux apparences. Le monde animal était aussi surprenant que trompeur. C'était l'une des premières choses que ses parents lui avaient apprises.

–Attenborough vous a sans doute expliqué pourquoi nous avons besoin de vous, reprit-il en faisant tourner une mappemonde sur l'étagère. Nous cherchons de jeunes talents pour nous aider dans nos missions. Nous suivons vos progrès depuis un certain temps et nous pensons que vous avez toutes les qualités nécessaires pour faire un excellent agent, tout comme vos parents.

–Vous voulez que je devienne votre agent? Moi? s'exclama Alice, stupéfaite.

Elle ne parvenait pas à croire qu'on l'ait choisie.

–Vous devrez suivre un entraînement, bien sûr. Quand vous serez prête, vous partirez pour votre première mission. Si tout se passe bien, nous vous proposerons une place permanente à la SUPER. Qu'en pensez-vous ?

Alice le dévisagea, bouche bée, cherchant ses mots. Le monde semblait soudain tourner au ralenti. Attie lui donna un coup de coude dans le genou et siffla :

–Alors ? Tu acceptes, oui ou non ?

–Je… euh…

Alice inspira lentement. Elle avait la possibilité de reprendre le travail de ses parents, de se rapprocher d'eux et d'œuvrer pour les espèces menacées. La mission lui semblait trop importante pour refuser.

–Oui, répondit-elle doucement. J'accepte.

–Parfait!

Le commandant Phil frappa dans ses ailes et glousssa.

–L'entraînement commence immédiatement!

4

« ENTRAÎNEMENT EN COURS »

Une lumière rouge clignotait à l'entrée du gymnase. « Entraînement en cours » annonçait une voix de robot dans le haut-parleur, « Entraînement en cours ».

Alice épousseta son nouvel uniforme SUPER qu'elle venait d'enfiler. Derrière la porte, elle entendait des chocs et des cris étouffés. Elle jeta un regard inquiet à Attie. Allait-elle regretter sa décision ?

La lumière passa au vert et la porte s'entrouvrit avec un *clic*. Attie la poussa à l'intérieur.

Alice se retrouva dans une énorme salle, aux murs rembourrés, avec des spots lumineux aux plafonds. Le sol recouvert de caoutchouc paraissait presque rebondissant. Au milieu de la pièce, Alice aperçut une structure à escalader, un peu comme celle du parc où les enfants jouaient, après l'école. Des échelles de corde et des chaînes y étaient suspendues, avec des objets bizarres : quelques bananes, une paire de rideaux à fleurs, des noix de coco et un assortiment de bottes en caoutchouc. En dessous, il y avait un bassin où flottaient des branches et des algues.

Alice ouvrit de grands yeux. Elle ne s'attendait vraiment pas à cela. Elle remarqua des voyants rouges qui clignotaient au bout de ses nouvelles baskets SUPER et tapota l'épaule d'Attie.

–À quoi ça sert ?

Il brossa son épaule d'un air agacé et répondit :

–Des capteurs. Ils enregistrent tes performances. Comme ça, nous choisirons mieux ta mission en fonction de tes résultats.

Alice fit la grimace. Elle devait d'abord réussir cet entraînement. Attie la conduisit au centre de la salle. Dans les coins, trois silhouettes s'agitaient dans l'ombre. Elles se figèrent lorsque Attie toussota. Son couinement résonna dans toute la pièce.

–Chers collègues, voici notre nouvelle recrue : Alice Lerisque.

Les figures remuèrent de nouveau. Alice se tint bien droite pendant qu'Attie faisait les présentations. Le premier personnage était un grand lapin, au poil brun et soyeux. Un bandeau kaki maintenait ses longues oreilles qui s'agitaient, car il enchaînait les coups sur un punching-ball.

–Je te présente Marlena, notre instructrice de combat. C'est une experte du combat à pattes nues. Avec elle, tu apprendras tous les secrets

des arts martiaux animaliers. C'est la meilleure technique de défense pour les agents : elle combine celles de différentes espèces.

Aux taches noires sur la fourrure de Marlena, Alice comprit qu'il s'agissait d'un lièvre brun d'Europe. Les lièvres pouvaient courir très vite grâce à leurs puissantes pattes arrière. Elles leur servaient aussi à lutter durant la saison des amours. Pas étonnant que Marlena soit une pro de la boxe !

Marlena pencha la tête, concentrée sur son punching-ball. Elle s'accroupit puis sauta, en décochant un grand coup de patte arrière. Alice avait déjà vu des lièvres s'affronter dans des documentaires, mais la technique de Marlena était différente: elle se battait comme d'autres animaux. Elle fit un triple bond en grognant comme un loup, puis se balança en arrière comme un singe. Enfin, elle frappa si fort le sac qu'il se décrocha et percuta le mur d'escalade. Les bananes, les noix de coco et les bottes en caoutchouc dégringolèrent avec un grondement sourd.

Alice rougit quand Marlena se tourna vers elle. L'instructrice avait un sourire en coin et des yeux luisants.

–Salut, petite ! Prête pour ta première leçon ?

–Euh… je ne suis pas sûre d'être douée pour me battre.

–Tu vas voir, ça viendra vite, répliqua Marlena en passant sa patte dans ses poils bruns. Moi aussi j'étais timide, au début. Il faut juste un peu d'agilité, de force et des réflexes. Tu vas devenir un agent génial !

Alice mémorisa ses conseils et suivit Attie vers un autre angle de la pièce où se trouvait un tabouret blanc. D'un seul coup, il frémit et roula sur le côté. Alice vit alors apparaître une sorte de gros ours à la tête blanche avec deux taches noires autour des yeux.

Alice étouffa un cri. Un panda géant ! Elle n'en avait jamais vu en vrai, seulement sur les photos de ses parents. Cette espèce menacée se rencontrait dans les montagnes de Chine.

D'un air assoupi, il mâchonnait la tige d'un bambou. Un filet de bave dégoulinait de sa bouche.

–Mon nom... est... Noirbedon, marmonna-t-il d'une voix traînante, tout en mordillant son bambou. Je t'apprendrai les... techniques du... camouflage... C'est utile... pour les missions top-secrètes ou... les situations dangereuses.

Divers objets étaient posés près de lui, sur une longue table : des lunettes, des branchages, différents origamis, une palette de peinture et un grand sombrero. D'un mouvement rapide, Noirbedon en attrapa quelques-uns, les lança en l'air et secoua ses poils. Lorsqu'il les rattrapa, Alice crut le voir se peinturlurer la figure, plier des origamis et glisser des feuilles sous ses bras.

En quelques secondes, il s'était métamorphosé en une plante tropicale, couverte d'épines et de fleurs orange et violettes.

–Les bons agents, grommela Noirbedon, sont... motivés, patients... et rusés. Tu devras... faire pareil... pour réussir.

Alice hocha la tête et essaya de s'en souvenir. Elle fronça les sourcils quand Attie l'attira vers le troisième agent. L'animal bougeait si vite qu'elle avait du mal à le voir. Il semblait réparer une sorte de gros moteur. Il avait au moins huit bras, blancs et visqueux. Cinq tenaient des clés à molette et tournevis de différentes tailles. La créature s'appuyait sur les trois autres pour se tenir debout. Elle possédait deux autres tentacules, qui traînaient mollement derrière elle, comme une longue écharpe.

–C'est un poulpe ? demanda-t-elle à voix basse.

Les pieuvres ne possédaient pas ces deux tentacules. Et Alice ne connaissait aucune autre espèce ayant autant de pattes. Attie hocha la tête, mais ne lui expliqua pas comment il réussissait à respirer

hors de l'eau. Le poulpe se retourna. Il portait une combinaison qui ressemblait à un ballon rempli de liquide. Sa tête avait la forme d'un triangle, avec des yeux noirs et un large sourire. Il agita un tentacule.

–Alice, dit Attie. Voici notre pilote et mécanicien, Aristophane.

–Un pilote ? s'exclama Alice. Mais les poulpes vivent dans la mer !

–Justement, Mademoiselle Lerisque, répondit Aristophane.

Sa voix résonna par un haut-parleur connecté à sa combinaison.

–Personne ne comprend le mécanisme de propulsion aussi bien que nous. Après tout, c'est notre façon de nager. Je t'apprendrai les bases cet après-midi. Zut... Où est passée ma clé à molette ? marmonna-t-il.

Alice remarqua un outil en métal coincé sous son tentacule. Elle se pencha pour le ramasser :

–C'est ça que vous cherchez ?

–Ah ah ! s'écria le poulpe. Tu vas faire un agent formidable : attentive aux détails, ingénieuse et intrépide. Des qualités essentielles ! Je dois me remettre au travail, et terminer cette réparation avant ta simulation de vol.

En suivant Attie au milieu de la pièce, Alice se remémora les différentes qualités indispensables pour les agents. Elle paniquait. Ses parents, eux, étaient doués. Mais elle n'avait ni leur expérience ni leur savoir… elle était trop jeune ! Elle passait son temps entre l'école et l'appartement d'Oncle Douglas. Elle se demanda alors comment les choses se déroulaient avec sa doublure chimpanzé.

L'après-midi passa très vite. Elle découvrit d'abord les bases des arts martiaux animaliers avec Marlena. À force d'esquiver les coups de bec des oies et d'éviter de marcher sur la queue des écureuils, Alice avait pris de bons réflexes. Elle était aussi plus forte qu'elle le croyait. Elle réussit même le coup de pied de la « hyène volante ».

Avec Noirbedon, elle apprit les deux premières techniques de camouflage : la « plage de sable » et le « tronc dans la jungle ». Il fallait mémoriser les mouvements avec rapidité et précision. En guise de devoir, il lui demanda d'apprendre par cœur les étapes pour devenir invisible en utilisant un drap blanc et une pince à épiler.

Avec Aristophane, elle passa une heure à piloter dans le simulateur de vol.

Ensuite, Alice étudia les SUPER manuels d'entraînement. Ils étaient écrits en plusieurs langues, dont deux dialectes babouins. Le chapitre « Comment calmer les crocodiles marins » lui semblait particulièrement fascinant.

Attie lui remit son SUPER badge afin qu'elle puisse parler avec les autres espèces — et les comprendre. Il termina la visite par la cantine, pour lui apprendre à préparer les sandwichs aux bananes frites et aux graines de courge.

–Si nous travaillons ensemble, tu devras absolument maîtriser cette recette, expliqua-t-il, décrétant qu'elle tartinait trop de banane sur le pain. C'est la base de mon alimentation.

Alice s'exerça dès le lendemain matin pour le petit-déjeuner.

Elle s'entraîna au quartier général chaque jour après l'école pendant un mois. Oncle Douglas ne remarqua pas qu'elle s'effondrait chaque soir sur son lit, épuisée par les exercices et les leçons supplémentaires. Entre les étirements et les enchaînements de Marlena, elle avait mal aux côtes et les longues heures passées dans le simulateur de vol irritaient ses yeux. Mais l'idée de devenir agent la motivait. Elle se sentait plus forte et prenait confiance en elle.

Un jour, Attie lui tapota l'épaule :

– L'entraînement est terminé. Tu as fait beaucoup de progrès. Les autres agents pensent que tu es prête.

Alice frémissait d'impatience. Mais... prête pour quoi ? Lorsque le commandant Phil l'appela dans la salle de réunion, elle redressa les épaules et prit une profonde inspiration.

Attie s'installa au premier rang et Alice s'assit près de lui, avec Marlena, Aristophane et Noirbedon.

– Nous avons étudié les résultats de ton entraînement, Alice, dit le commandant Phil en gonflant ses plumes. Nous sommes très satisfaits et nous pensons que tu es prête pour l'étape suivante : la mission. Ce premier objectif nous permettra de décider si nous te gardons comme agent permanent.

Il désigna une étrange machine à écrire, d'où montait une fumée rose, qui imprimait un long rouleau de papier.

Mission : Opération S.O.S. RUCHE

Type de mission : Secourir et rapatrier

Espèce en danger : Uruçu-negra (commun)

Melipona capixaba (scientifique)

Équipement fourni : Planeur Albatros

à carburant écologique ;

réfracteur de pluie ; Anim'app.

Le commandant Phil toussota.

–Comme vous le savez, la déforestation menace de nombreuses espèces de la forêt tropicale. La semaine dernière, la SUPER était chargée de déplacer une ruche d'abeilles uruçu-negra, une espèce menacée de la forêt atlantique, jusqu'à une réserve protégée, à deux cents kilomètres de là. Ces abeilles jouent un rôle important et répandent le pollen de nombreuses plantes rares. Mais un violent orage a compliqué notre mission. Dans la précipitation, la reine des abeilles a mal compté sa colonie et... l'une d'entre elles est restée sur place.

Derrière Alice, les autres agents étouffèrent un cri.

–C'est une jeune abeille, expliqua le commandant. Elle se sera sûrement perdue et elle est incapable de s'orienter. Et nous avons un autre problème: nos informateurs ont repéré Axel Embroche dans les environs il y a deux jours. Notre petite abeille est donc en grand danger.

–Alice, Attie, je vous charge de retrouver cette abeille et de la ramener saine et sauve à la réserve de la SUPER. Vous partirez demain matin, en empruntant la voie aérienne de l'Atlantique médian. La jungle est remplie de périls et la communication avec le quartier général ne sera pas toujours facile. Bonne chance !

Vrrrr… Vrrr…

Alice passa la tête par le hublot du planeur et cria de toutes ses forces :

–Attie, le signal vidéo est encore en panne !

Elle espérait qu'il pourrait l'entendre malgré le sifflement du vent. Alors qu'ils survolaient l'Atlantique sud, une tempête avait endommagé leurs instruments de navigation. Attie avait dû grimper sur le planeur et s'y attacher pour les guider.

L'air était chaud et humide. Alice ajusta ses lunettes de pilote, alors qu'ils amorçaient la descente vers la jungle dense et sombre. Au travers des branches, elle devinait les courbes des rivières et les groupes de perroquets multicolores qui volaient d'un arbre à l'autre. Elle aperçut même les plumes turquoise d'un oiseau tangara à sept couleurs. La forêt atlantique était peuplée de tant d'espèces étranges et merveilleuses !

–*Crrr… Crrr…* Agent Lerisque ? Tu me reçois ?

Alice se tourna vers le tableau de bord et l'image réapparut sur l'écran. Un macareux au bec orange pianotait sur un clavier du bout des ailes. Derrière lui, elle reconnut la salle de contrôle de la SUPER.

–J'ai réussi à prendre les commandes du planeur, expliqua le macareux. Je peux le piloter, mais à l'aveugle. Tu devras me guider grâce aux indications d'Attie. *Crrr… Crrr…*

L'image vibra sur l'écran, puis disparut de nouveau. Alice agrippa le manche qui lui permettait de guider l'appareil, mais ses mains tremblaient.

Cramponné à l'aile, Attie lui cria :

–Il y a une clairière sur ta droite! Descends à 1000 pieds.

Tout en se rappelant les conseils d'Aristophane, Alice fit descendre l'Albatros en virant vers la droite.

–Prépare-toi à l'atterrissage, lança Attie.

Des branches volèrent et craquèrent lorsqu'ils frôlèrent la cime des arbres.

–Tiens bon! Nous y sommes presque!

Un rideau de lianes retomba sur le nez du planeur et s'agrippa dans ses hélices. Avec un crachotement, le moteur s'arrêta.

–Cramponne-toi! s'exclama Alice.

Elle serra le manche plus fort. L'appareil dégringola sur les derniers mètres et percuta les racines d'un grand arbre aux étranges fruits pleins d'épines.

Alice tremblait de tous ses membres, mais poussa un soupir. Des insectes bourdonnaient autour d'elle. L'air avait un parfum de terre humide. La forêt bruissait de vie… Elle dressa l'oreille en entendant le cri aigu, caractéristique d'un singe-lion doré.

–Attie, tu n'as rien ? cria-t-elle.

–Non ! Mais le planeur est endommagé !

Alice prit son sac à dos et descendit du cockpit. Accroupi sur le sol, Attie observait sa boussole.

–Nous avons manqué le lieu d'atterrissage prévu, expliqua-t-il. Nous sommes à des kilomètres de l'endroit où l'abeille a disparu...

Malgré la panique, Alice essaya de se concentrer. Ses parents n'auraient jamais laissé ce genre de problèmes gâcher leurs missions !

–Cherchons des indices. Il doit bien y avoir une trace de cette abeille quelque part...

Elle s'assit sur l'énorme racine d'un arbre guapuruvu et relut leur ordre de mission.

–D'après ce document, les abeilles communiquent grâce à leur bourdonnement, dit-elle. On devrait peut-être vérifier qu'elle n'envoie pas un signal de détresse ?

Attie hocha la tête tout en inspectant l'hélice du planeur.

–Bonne idée, mais difficile d'entendre une abeille parmi les bruits de la forêt… Essaie avec l'Anim'app.

Il sortit de son sac un objet qui ressemblait à une radio, et le lui lança.

–L'appareil utilise une application basée sur l'écholocalisation des chauves-souris et analyse les sons les plus proches pour établir une carte des environs. Il faut ajuster la fréquence pour trouver le son que l'on cherche.

L'Anim'app était équipé d'un écran vidéo et d'une molette. Alice la tourna et l'écran afficha une carte de la forêt qui les entourait. Le haut-parleur émit un craquement, puis un *houhoup* grave suivi d'un long *hiii-houuu*. Alice reconnut aussitôt le cri. Avec ses parents, elle avait souvent joué à imiter les cris d'oiseaux rares dans le jardin. C'était celui d'un hocco à bec rouge, un gros oiseau aux plumes noires et luisantes qui cherchait sa nourriture dans la terre. L'écran indiquait la position de l'oiseau. Alice tourna de nouveau le bouton.

Hiii-houuu
Hiii-houuu
Hiii-houuu

Elle reconnut ensuite l'appel d'un singe muriqui du Nord, puis celui d'une rainette aux yeux rouges. Mais pas de trace de l'abeille. Elle tourna lentement la molette et écouta avec attention tous les bruits d'animaux, à la recherche d'un bourdonnement.

Au bout d'une heure de concentration, elle sentit une patte poilue se poser sur son genou.

–Ne te décourage pas, Alice. L'Anim'app demande beaucoup de patience. Tu t'en sors bien.

Alice était soulagée de le savoir, mais elle se sentait perdue.

–Je n'ai toujours pas repéré l'abeille et nous perdons du temps.

Attie fronça le museau.

–Essayons autre chose. Utilise le badge SUPER.

Bien sûr! Alice pressa le bouton du badge. Lorsqu'elle tourna de nouveau la molette de l'Anim'app, elle n'entendit plus de cris, mais deux voix traînantes.

–Regarde-le... Lui, là-bas..., dit mollement la première voix. Il est tout seul.

–Peut-être que... sa colonie... le cherche, commenta la seconde voix en bâillant.

–Bien sûr..., répondit la première. Chaque abeille est... importante... pour la colonie.

–Tu entends, Attie? s'exclama Alice. Je crois qu'ils parlent de notre abeille disparue!

Attie observa l'écran de l'Anim'app.

–Ils sont par ici... Allons-y!

Ils s'élancèrent dans la jungle à la recherche des mystérieuses voix. Dans une petite clairière, Alice aperçut deux créatures aux longs poils broussailleux. Ils avaient de grands bras, une tête ronde et le museau aplati. Ils se suspendaient aux branches d'un guapuruvu. Alice les reconnut facilement : deux paresseux à crinière ! Pas étonnant qu'ils parlent si doucement. Les paresseux étaient des animaux très lents.

–Excusez-moi, leur cria-t-elle en agitant la main. Nous cherchons une abeille perdue. Vous pouvez nous aider ?

Le paresseux tourna trèèès lentement la tête et Attie se frappa le front.

–Nous n'avons vraiment pas de temps à perdre.

En trois bonds, il grimpa sur une branche du guapuruvu et, après leur avoir montré son badge, leur posa plusieurs questions. Alice observa la scène et vit les paresseux désigner mollement une feuille verte sur le sol.

Elle se précipita pour l'examiner. Une abeille noire, grosse comme l'ongle de son petit doigt, y était effondrée.

–Attie ! La voilà !

–Parfait, s'exclama Attie en dégringolant de l'arbre. Écarte-toi : je dois l'équiper d'un badge de communication et d'un réfracteur de pluie pour vérifier qu'elle n'est pas blessée.

Alice ignorait de quoi il parlait, mais elle se recula pour le laisser faire. Il passa une ceinture bleue avec un logo SUPER autour de la taille de l'abeille. Quelques instants plus tard, un grand hologramme se matérialisa juste au-dessus de l'insecte.

Il permettait de l'observer dans les moindres détails. Sa tête joufflue, son corps rond et le bas de son corps plus large étaient recouverts d'un duvet noir et soyeux parsemé de taches dorées. Elle portait des lunettes de soleil en forme d'étoiles.

Chapitre 5

–Bonjour, leur dit l'abeille en les regardant. Qui êtes-vous ? Et pourquoi je me sens soudain si grand ?

–N'aie pas peur, dit Alice en s'approchant. Je m'appelle Alice et voici Attie. La SUPER nous envoie pour te sauver. Ce gadget nous permet de mieux voir si tu vas bien.

L'abeille hésita un moment, puis agita ses ailes.

–Ravi de vous connaître ! Je m'appelle Elton !

Alors qu'il remuait sur sa feuille, Alice remarqua que l'une de ses six pattes semblait raide.

–Attention, tu es blessé !

Les antennes d'Elton retombèrent et il eut l'air navré.

–Oui. J'ai fait un mauvais atterrissage pendant l'orage. Je crois qu'elle est cassée. Je n'arrive plus à voler très haut, ça me fait trop mal.

–Pas de panique, répondit Attie en sortant un mètre-ruban pour mesurer sa patte. Je vais te fabriquer une attelle. En attendant, nous devrions installer notre campement.

Il observa la cime des arbres et plissa les yeux.

–La nuit va tomber. Je ne pourrai pas réparer le planeur avant demain matin.

–Une attelle ? Pour moi ? s'exclama Elton qui frémit de plaisir. Je n'ai jamais eu d'attelle. C'est chic, une attelle ? Tu pourrais y mettre des rubans ?

–La SUPER n'utilise pas de rubans, répliqua fermement Attie.

Les antennes de l'abeille retombèrent. Alice lança un regard de reproche à Attie.

Chapitre 5

–Enfin, je voulais dire…, se reprit la musaraigne à trompe, que nous n'utilisons pas d'attelles à rubans, parce qu'elles ne sont pas aussi efficaces. Et c'est le plus important.

–Bien sûr, marmonna Elton. Je comprends.

Alice sourit et lui montra son badge.

–« SUPER » signifie Société Ultra-Protectrice des Espèces Rares.

–C'est l'organisation qui a aidé à déplacer ma ruche, n'est-ce pas ? Vous avez des nouvelles de ma colonie ? Ils… ils sont partis sans moi.

Ses ailes se raidirent et Elton retomba sur la feuille.

–J'étais sorti polliniser des plantes quand l'orage a éclaté. J'ai essayé de rentrer à temps pour le déplacement, mais avec ma blessure, je ne pouvais plus voler aussi vite, expliqua-t-il en reniflant. Je ne comprends pas comment ils ont pu m'oublier.

Alice s'accroupit près de lui. Elle caressa le dos de l'abeille du bout du petit doigt.

–Ils ne t'ont pas oublié... Ta reine a fait une erreur en comptant les abeilles avant de partir. Elle s'inquiète beaucoup pour toi, comme le reste de la colonie.

Elton agita ses ailes.

–C'est vrai ? J'espère qu'ils arrivent à s'en sortir sans moi. Tu sais, je suis le chorégraphe de la ruche. Sans moi, la danse des abeilles ne ressemblerait plus à rien.

Alice se souvint alors d'un message de la reine des abeilles dans leur document de mission. Tandis qu'Attie fixait l'attelle à la patte d'Elton, elle le lut à voix haute.

Ce qu'ils ignoraient… c'est qu'ils n'étaient pas seuls.

Cachées dans les buissons, trois créatures les observaient avec attention. Elles savaient elles aussi qu'une abeille uruçu negra avait disparu. Elles avaient un museau pointu, des crocs acérés et une queue touffue.

–Le maître voudra voir cccette abeille, c'est sssûr, siffla la première.

–Oui, oui, sssûr et cccertain, sussura la deuxième.

–Amenons-le iccci ccce sssoir, quand la fille et la sssouris trop curieuse dormiront. Le maître pourra capturer la grosse abeille.

–Oui, oui. Ccce sssoir.

Adossée au tronc d'un palissandre, Alice sortit son carnet de « Notes de terrain ».

OPERATION S.O.S. RUCHE

AGENT : Alice Lerisque, SUPER agent à l'essai.

MISSION :

Nous avons retrouvé l'abeille disparue, puis nous avons installé notre campement dans la jungle. L'agent Attenborough réparera le planeur Albatros demain, au lever du soleil. La jungle est très sombre et bruyante, mais l'agent Attenborough a allumé un feu et notre abeille (nommée Elton) s'est endormie. C'est moi qui monte la garde la première.

OBSERVATIONS :

<u>Elton (*Melipoxa capixaba*)</u>

Il aime : les rubans, la musique et la danse. Il adore le pop-corn de pollen et sa chanson préférée est « Tu es mon rayon de miel » par Bzz-yoncé.

Il déteste : être seul. Il semble timide avec les autres animaux.

Remarques : Elton a un épais duvet noir, où il range toutes ses lunettes de soleil de star. Il en change plusieurs fois par jour. C'est un grand danseur et, même lorsqu'il dort, ses petites pattes s'agitent en rythme.

Attie (*Rhynchocyon petersi*)

Il aime : les sandwichs à la banane frite et aux graines de courge, et Églantine, l'ourse grizzly qui travaille au siège de la SUPER.

Il déteste : les petites filles humaines, la danse, les rubans ou qu'on le caresse.

Remarques : Attie est très courageux. Il est doué dans de nombreux domaines : la mécanique, le pilotage, les premiers soins et la technologie. Il semble apprécier tous les animaux... sauf les filles humaines... Mais je le surprends parfois à m'observer en souriant.

AUTRES :

* Durant notre rapide exploration de la jungle, j'ai aperçu des passiflores, des dionées attrape-mouches, des orchidées, des nénuphars géants et des arbres à caoutchouc.

* La source d'eau potable la plus proche est une petite rivière remplie d'arapaima, des poissons géants qui viennent respirer à la surface, et de piranhas rouges.
* Une famille de grenouilles à flèches empoisonnées vit dans un arbre près de notre camp. Je fais bien attention à ne pas les toucher, car le poison de leur peau peut causer des irritations et des brûlures.
* J'ai remarqué les crottes de plusieurs espèces de singes sur le sol de la forêt.
* J'ai ramassé des échantillons de fougère nid-d'oiseau et de cacaotier.

Trois petites créatures à la fourrure très blanche et à la truffe noire se faufilaient à travers la jungle. Leurs poils étaient trempés de sueur et leur langue rose pendait à leurs babines.

Chapitre 6

–Il fait sssi chaud, gémit l'un d'eux. Impossssible de réfléchir.

–Mais le maître a de la glaccce, répondit le deuxième en écartant une branche avec sa queue.

–Oh oui, de la glaccce. C'est sssi rafraîchisssant. Il nous en donnera quand nous lui parlerons de la grossse abeille.

Ils arrivèrent dans une clairière éclairée par des lampes. Un gros 4 × 4 noir était garé au milieu, près d'une cage grillagée. À l'intérieur, plusieurs espèces de papillons aux couleurs éclatantes tentaient de s'échapper. Des caisses aux couvercles en verre étaient empilées tout près. Chacune portait une étiquette «Propriété d'Axel Embroche».

Un homme grand et mince, au costume argenté, nettoyait l'une

des caisses. Ses cheveux blonds étaient ramenés en tire-bouchon et terminés en pointe, comme un cornet de glace. Il avait des yeux bleu clair et une peau si blanche qu'il semblait avoir passé sa vie dans un congélateur.

–Qu'est-ce que vous faites là, tous les trois ? leur lança-t-il. Je vous avais dit de monter la garde cette nuit.

Il astiquait le couvercle de sa boîte avec un chiffon.

–Je n'aime pas qu'on me dérange quand je fais briller mon matériel.

Sous la vitre, des scarabées morts luisaient dans le coffret. Leurs ailes déployées étaient transpercées par des épingles et une étiquette indiquait le nom des spécimens.

–Maître Embroche, haleta l'une des créatures. Nous sssavons cccertaines choses.

–Mais impossssible de réfléchir avec cccette chaleur, maître. Nous sommes des renards arctiques. Ce climat n'est pas fait pour nous.

Axel Embroche ricana.

–La mer non plus n’est pas faite pour vous. Cela ne vous a pourtant pas empêchés de vous offrir des vacances sur la plage avec votre dernier salaire.

Les renards arctiques échangèrent quelques regards embarrassés.

–Qu’avez-vous appris ? demanda Embroche en plissant les yeux.

–Nous avons une sssurprise pour vous... Pour votre collection..., dit l’un des renards.

–Oui, maître. Une grossse abeille, au duvet noir et doux et aux ailes brillantes.

–Une abeille à duvet, vous dites ? murmura Embroche en caressant distraitement une de ses caisses à insectes. Douce comme du velours ? Avec des taches dorées ?

–Ccc’est cccela, maître ! répondirent ensemble les renards.

Embroche se figea.

–Vraiment ?

Avec un sourire, les trois renards le regardèrent s'approcher et s'accroupir devant eux.

–Cette abeille… Est-ce qu'elle portait des… lunettes de soleil?

Les renards hochèrent la tête.

Axel Embroche vacilla un instant, puis esquissa un sourire diabolique.

–Incroyable!

Il saisit ses trois renards dans ses bras et les lança en l'air comme des poids plume.

–Une abeille uruçu negra à lunettes! C'est donc la chorégraphe de la ruche! Elles sont extrêmement rares et se trouvent seulement dans cette région de la forêt atlantique.

Il se frotta le menton tandis que les trois renards retombaient sur le sol, assommés.

–Si j'en attrapais une, les gens viendraient du monde entier pour l'admirer dans ma collection. Ce serait le couronnement de ma carrière! Où se trouve cette abeille, au juste?

Les renards se relevèrent tant bien que mal.

–Une glaccce nous aiderait à nous en sssouvenir, maître, répondirent-ils en chœur.

–De la glace ? Vous ne pensez qu'à manger !

Embroche ouvrit le coffre de son 4 × 4 et en sortit un bac de glace au chocolat.

–Alors, où est cette abeille ?

Les renards fixèrent la glace.

–Près d'iccci. Elle est avec deux SUPER agents. Ils ont monté un campement.

–Des SUPER ?

D'un geste rageur, Embroche jeta la glace par terre. Le bac se brisa et les renards se précipitèrent pour en lécher le contenu.

–Cette maudite organisation me met toujours des bâtons dans les roues ! À cause d'eux, cette araignée à crochets rouge m'a échappé, l'été dernier.

Il réfléchit.

– Peut-être qu'en les prenant par surprise, je pourrais subtiliser cette abeille juste sous leur nez. Mais nous devons agir vite.

– Maintenant ? demanda l'un des renards, le museau barbouillé de chocolat. Tout de suite ?

– Sauf si vous préférez finir empaillés dans l'une de mes vitrines !

7

Alice bâilla et s'étira. Les bruits de la jungle auraient dû la tenir éveillée, mais elle était épuisée. Près d'elle, Attie était roulé en boule sur le sol et ronflait. Elton, qui portait encore son réfracteur de pluie, dormait dans un minuscule hamac de feuille qu'Attie lui avait fabriqué.

Alice se retourna et aperçut quelque chose entre les arbres. C'était un petit animal à quatre pattes, un peu comme un chien, avec des oreilles pointues et une fourrure blanche.

Elle se frotta les yeux, stupéfaite. Elle ne connaissait aucune créature de la forêt atlantique à fourrure blanche ! Elle se leva, passa son sac sur son épaule et s'approcha.

L'animal était rapide, mais Alice avança à pas de loup. Lorsqu'elle fut assez près, elle alluma sa lampe torche. Elle vit sa queue touffue, sa truffe noire, et se figea. Comment était-ce possible ?

Un renard arctique ?

Elle n'y comprenait plus rien… Ils vivaient dans les régions polaires de l'hémisphère nord… pas dans la jungle d'Amérique du Sud !

Avant d'avoir pu réagir, un *ouuuuh* puis un *clac* retentirent dans leur campement.

Le renard dressa les oreilles et, d'un bond, disparut entre les arbres.

Alice reconnut alors le cri d'Attie. Le cœur battant, elle se précipita… mais s'arrêta net. Elle entendit une voix qu'elle ne connaissait pas.

–Accrochez-le, les enfants. Ce rat ne doit pas s'échapper.

Un rat… ? Cachée derrière une fougère géante, Alice jeta un regard à travers le feuillage.

Elle étouffa un cri. Attie était prisonnier d'un filet suspendu à une branche. Deux renards arctiques tiraient sur des cordes pour le hisser. Un troisième agitait une boule à facettes rose et or devant Elton qui fixait l'objet, comme envoûté. Un homme maigre dans un costume scintillant, avec des cheveux en tire-bouchon, observait la scène d'un air satisfait.

–Vous ne vous en sortirez pas aussi facilement, Embroche ! cria Attie en remuant son long nez entre les mailles du filet. La SUPER vous arrêtera, comme toujours ! D'autres agents sont déjà en route pour me sauver !

Embroche éclata de rire.

–Peut-être. Mais cette abeille et moi, nous serons déjà loin !

Alice savait qu'Attie bluffait. Depuis leur atterrissage, ils n'avaient plus aucun moyen de communiquer avec le quartier général. Une seule personne était capable de sauver Attie et Elton : elle.

Elle respira un grand coup et essaya de rester calme. Ses parents avaient sans doute affronté des situations tout aussi dangereuses. Elle ne pouvait pas échouer maintenant !

D'abord, je dois sauver mon partenaire.

Elle se rappela les conseils de Noirbedon et sortit son kit de camouflage de son sac pour fabriquer l'un des déguisements qu'elle avait appris. Quelques instants plus tard, un arbre pernambouc très réaliste s'approcha discrètement du camp. Les feuilles qui dissimulaient Alice bruissaient tant qu'elle devait avancer lentement, le regard fixé sur Embroche et ses renards.

–Relâchez cette abeille ! cria Attie. Qu'est-ce que vous lui avez fait ?

Embroche esquissa un sourire diabolique.

–Pas mal, hein ? D'après mes recherches, les boules à facettes attirent la plupart des insectes danseurs. En l'observant assez longtemps, ils entrent dans une sorte de transe. Cette abeille est tout simplement envoûtée !

Pauvre Elton! Alice ne le laisserait pas faire. Elle s'approcha de l'un des renards qui tenaient la corde du filet d'Attie. Elle glissa une main hors du feuillage en tenant l'une des feuilles qu'elle avait ramassées un peu plus tôt: la fougère nid-d'oiseau. Elle était très douce et un peu rugueuse. Alice l'agita sous le ventre de l'animal.

D'abord, le renard tressaillit.

Puis il tapa des pattes sur le sol.

Puis il se mit à sautiller sur place.

–Hi hi! Ah ah! glapit-il, pris d'un fou rire. Asssez! Çççа chatouille! Çççа chatouille!

Avec un gloussement, il lâcha la corde qu'il tenait entre ses dents et le filet s'ouvrit.

Attie retomba sur ses pattes puis se redressa d'un bond.

–Agent Lerisque? appela-t-il en regardant autour de lui.

Alice secoua son feuillage.

–Parfait! répondit Attie. Occupe-toi de libérer Elton. Je me charge d'Embroche.

Elle hocha la tête, mais se demandait bien comment échapper aux renards. Deux d'entre eux s'approchèrent d'un air menaçant. Alice se souvint alors d'une technique de combat animal que Marlena lui avait apprise: «Utilise ton environnement pour te défendre.»

Alice pensa aux notes qu'elles avaient prises sur les plantes et les animaux de la forêt. Elle eut une idée.

–Allez, les boules de poils! Essayez un peu de m'attraper! s'exclama-t-elle en s'élançant dans la jungle.

Les renards la poursuivirent.

Elle enfila ses gants de protection et fonça vers l'arbre où elle avait repéré les grenouilles venimeuses.

–Désolée de vous embêter, leur dit-elle en s'approchant. Mais c'est urgent. J'ai besoin de votre poison.

La plus grosse grenouille coassa d'un air furieux.

–Je suis en mission pour la SUPER, expliqua-t-elle en désignant son badge. S'il vous plaît, aidez-moi !

La grenouille l'observa quelques instants, puis se laissa retomber sur le dos en lui montrant son ventre.

–Merci ! souffla Alice, soulagée.

Très doucement, elle frotta quelques feuilles sur le ventre de la grenouille et les déposa sur le sol, côté poison. Lorsqu'elle se redressa, les deux renards l'avaient rattrapée.

–Je suis là ! leur cria-t-elle en leur tirant la langue.

Le premier renard arctique se précipita vers elle, la gueule ouverte. Mais lorsqu'il piétina les feuilles empoisonnées, il fit la grimace et se figea.

–Ouille ! Aïe ! glapit-il en sautant d'une patte sur l'autre comme si le sol était en feu. Ça pique ! Ça brûle !

Le deuxième animal considéra Alice et passa à côté des feuilles empoisonnées. La petite fille frémit. Il semblait plus malin que son compagnon et il était sûrement moins facile à tromper. Elle se dirigea vers la rivière.

Sur chaque berge, des lianes et les fruits violets des passiflores s'emmêlaient dans les arbres. Alice tira sur l'une des branches pour en vérifier la solidité, puis se mit à grimper. En se servant de la « technique du paresseux » que lui avait apprise Marlena, elle se hissa jusqu'à la cime des arbres. Avec sa lampe, elle éclaira l'eau de la rivière.

Malgré le courant, elle distinguait les écailles dorées des piranhas rouges. Elle éteignit sa lampe, mais dans le noir, il était difficile de repérer les limites du cours d'eau.

–Je te tiens ! lança le renard, qui apparut entre les branchages.

Avec un large sourire, il s'approcha.

–Ne bouge plus d'un pouccce.

Il bascula sur ses pattes arrière et bondit, mais Alice fut plus rapide. Elle exécuta la « pirouette du toucan » pour se propulser dans les airs. Le renard la manqua et glissa, avant d'atterrir dans l'eau avec un gros *plouf*.

–Fichus poisssons grignoteurs ! grogna-t-il tandis que des bulles montaient autour de lui. Allez-vous-en !

Alice se réceptionna sur le sol et observa le renard. Il réussit à monter sur la rive opposée.

Les piranhas lui avaient arraché de grandes touffes de poils.

Et de deux! pensa-t-elle. *Plus qu'un!*

Elle laissa le renard de l'autre côté du cours d'eau et ramassa autant de fruits de la passion que possible avant de courir vers le campement. Il lui restait une idée, mais elle n'était pas sûre qu'elle marcherait.

Embroche et Attie combattaient toujours.

–Tu m'as déjà berné une fois, gronda Embroche. Tu m'as empêché de capturer cette araignée à crochets rouges, en Australie, mais je finirai bien par compléter ma collection!

Attie para le coup d'Embroche avec sa queue.

–Tu n'arrêteras jamais la SUPER!

Le troisième renard agitait toujours la boule à facettes sous les yeux d'Elton. Il montra les crocs quand Alice s'approcha. Mais elle se mit à le bombarder de fruits de la passion. Ils étaient si mûrs qu'ils éclataient aussitôt, couvrant sa fourrure de graines orange et gluantes.

–Ahouuuuu! hurlait Alice en les jetant. Ahouuuuu!

Le renard la dévisagea, ahuri. Il la croyait sans doute atteinte d'une sorte de fièvre des tropiques, mais Alice avait un plan. Les crottes de singe qu'elle avait aperçues sur le sol étaient pleines de graines de fruits de la passion. Elle savait exactement à quelle espèce elles appartenaient.

–Ahouuuuu! appela-t-elle de nouveau.

Ces singes pouvaient sentir les fruits à plus de deux kilomètres de distance. Elle n'avait plus qu'à les réveiller.

Elle attendit une réponse… mais rien.

Avec un sourire menaçant, le renard s'approcha. Alice recula. Elle entendit un bruit, semblable à celui d'une catapulte, puis quelque chose la saisit par la jambe et la projeta en l'air.

–Ah!

Elle était prise au piège d'un filet! Paniquée, elle se mit à le secouer pour essayer de se libérer.

Chapitre 7

À travers les mailles, elle voyait Embroche et Attie se battre. Son ami semblait s'épuiser : ses mouvements devenaient plus lents. Allait-il tenir face à Embroche ? Elle n'avait aucune idée pour l'aider...

Au même instant, un cri retentit :

–Ahouuuuu !

Est-ce qu'elle avait rêvé ? En observant la cime des arbres, elle fut soulagée. Des singes agiles aux longs bras se balançaient entre les branches. Ils écartaient les lianes avec leur immense queue. Ils déboulèrent dans la clairière en reniflant autour d'eux.

–Ahouuuuu ! hurla un gros singe.

À son signal, les plus petits se précipitèrent sur les fruits abandonnés par Alice. L'un d'eux se hissa jusqu'à elle, la renifla, puis rongea les cordes du filet. Alice tomba sur le sol, mais elle se redressa aussitôt. Le

troisième renard se mit à trembler devant les singes. Il ressemblait à un énorme fruit de la passion sur pattes. En l'apercevant, le gros singe se remit à hurler. Les singes se ruèrent vers lui dans un concert de cris rauques. Le renard lâcha aussitôt sa boule à facettes et détala. Alice se précipita vers Elton. Les singes rattrapèrent le renard avec leur longue queue. L'animal gémit en baissant les oreilles. Les singes se jetèrent sur lui comme sur une table de banquet. Ils grignotèrent la pulpe et les graines directement sur sa fourrure.

Sur l'hologramme, Elton chancela et cligna des yeux.

–Fais attention, Elton ! s'exclama Alice, qui le prit au creux de sa paume. Est-ce que ça va ?

–J'ai… j'ai rêvé de rubans… marmonna-t-il.

–On t'a envoûté, lui expliqua Alice. Mais c'est fini. Tu es en sécurité.

Derrière eux, Attie évitait les attaques d'Axel Embroche. D'un seul bond, il réussit à sauter dans les airs et exécuta une série de mouvement en étoile avant d'atterrir sur la poitrine de son adversaire. D'un coup de trompe, il le déstabilisa et Embroche trébucha.

L'homme devint tout rouge. Il tenta de se relever et agita la main.

–Lâche-moi, sale rat !

–Pas question ! rétorqua Attie.

Il saisit une liane verte sur le sol et ligota les chevilles d'Embroche.

–Tu peux toujours essayer de filer ! C'est une liane de figuier étrangleur : impossible à casser !

Embroche voulut se redresser. Elton et Alice poussèrent un cri de joie en le voyant retomber sur le sol. Résigné, il croisa les bras d'un air boudeur.

–Le braconnage d'insectes, c'est terminé ! reprit Attie.

Il se tourna vers Alice.

–Va chercher ses trois renards. Nous allons aussi les attacher.

Alice persuada la troupe de singes hurleurs de les leur ramener. En échange, elle leur expliqua où trouver les fruits de la passion.

Les trois renards — l'un au poil rongé, l'autre tout collant et le troisième aux pattes irritées — se retrouvèrent assis, ligotés et penauds.

–Ils passeront la nuit ici, décida Attie en observant le ciel. Si j'en crois ces gros nuages, une averse se prépare.

–Une averse ? Mais mon costume va s'abîmer ! protesta Embroche. C'est de la soie de mer 100 % pure palourde !

Les trois renards sourirent.

–La pluie arrive, dirent-ils en chœur. La pluie rafraîchisssante !

Le lendemain matin, Attie revint au campement en tapotant ses manches. Il avait les poches pleines de tournevis et des taches d'huile sur ses vêtements.

–Voilà. Le planeur Albatros est enfin réparé. J'ai placé Elton dans une boîte spéciale pour le protéger pendant le voyage. Il restera avec toi dans le cockpit. Tu es prête à partir ?

–Donne-moi une minute, répondit Alice en refermant la porte du 4 × 4 d'Embroche. J'ai trouvé des clés sur le siège arrière. Je veux vérifier si l'une d'elles ouvre la cage aux papillons.

Elle passa la première clé dans la serrure, mais elle ne fonctionnait pas. Elle en essaya une deuxième et demanda :

–Qu'est-ce qu'on va faire d'Embroche et de ses renards ?

–J'ai déclenché le SUPER signal d'alerte. Le quartier général va le recevoir et envoyer une équipe pour l'arrêter.

Alice poussa un soupir. Elle était soulagée à l'idée de ne jamais les revoir. Enfin, elle trouva la bonne clé. Lorsqu'elle ouvrit la porte de la cage, une nuée de papillons et d'insectes s'en échappa. Alice reconnut certaines espèces : papillons à quatre pattes, machaons, hespéries… Leurs ailes avaient tant de formes et de couleurs différentes qu'en les observant, Alice eut l'impression de regarder à l'intérieur d'un kaléidoscope. Une fois les papillons dispersés, elle grimpa à bord du planeur. Elton s'installa joyeusement dans sa boîte munie d'un minuscule fauteuil. Son duvet noir dépassait de ses lunettes de pilote en forme d'étoiles.

–Elles sont très chic, l'assura Alice. Tu vas faire une entrée de star!

Alors que le planeur s'élevait au-dessus de la forêt, Alice aperçut les insectes libérés qui se rassemblaient pour former des mots dans les airs: Merci, SUPER!

Fière de sa mission, elle leur fit un grand signe. Ses parents avaient sûrement ressenti la même impression à chaque fois qu'ils sauvaient un animal ou une plante en danger. Pas étonnant qu'ils aient choisi de devenir des agents: c'était le plus beau métier du monde!

Alice préférait ne pas penser au retour chez Oncle Douglas, à l'appartement du vingt-cinquième étage et à la ville grise. Elle ne voulait pas

que son aventure se termine… Elle voulait devenir un SUPER agent permanent, comme ses parents.

–Tu m'as beaucoup impressionné, lui dit Attie, assis près d'elle. Tu as toutes les qualités pour devenir un agent fantastique ! Mais c'est le commandant Phil qui devra prendre la décision.

Attie vira sur la droite et le planeur survola le fleuve Paraná. Inquiète, Alice observait les reflets du soleil sur les flots. Elle espérait tellement avoir réussi l'épreuve de terrain pour devenir un véritable agent.

–La communication avec le quartier général est rétablie, annonça Attie. Tu peux les appeler pour leur raconter ce qu'il s'est passé ?

–Mission « S.O.S. RUCHE » accomplie ! annonça Alice avec fierté dans le micro. « L'abeille est dans le pot de miel », je répète, « l'abeille est dans le pot de miel ». Arrivée à la réserve prévue dans deux heures !

Après un crépitement, elle entendit :

–Bien reçu ! Terminé.

Chapitre 8

La SUPER réserve protégée était située au cœur de la forêt, à deux heures de vol.

Attie pilota le planeur jusqu'à une clairière de sable, où se trouvait une piste d'atterrissage. Des huttes couvertes de feuilles de palmiers étaient construites entre les arbres. Alors qu'ils se posaient, Alice remarqua des animaux et des humains qui allaient et venaient en uniforme et tenue de camouflages.

–Ils travaillent aussi pour la SUPER? demanda-t-elle.

Attie hocha la tête.

–Leur mission, c'est de protéger la réserve et s'assurer que les animaux qui y vivent sont en bonne santé. Ils veilleront sur la colonie d'Elton et s'assureront qu'ils s'accoutument à leur nouvel environnement.

Il fit atterrir le planeur et tous descendirent du cockpit. Alors qu'Alice aidait Elton à sortir de sa boîte, un cri de joie retentit.

–Bien joué, petite!

Chapitre 8

Marlena bondit derrière elle.

–Tu t'es bien débrouillée dans la jungle : de l'agilité, de la force et beaucoup de vivacité !

–Sans oublier un pilotage parfait, lança une autre voix.

Dans un froissement de feuilles, Aristophane apparut, en rampant sur ses tentacules. Il tapa dans la main de Marlena.

–De l'attention aux détails, de l'imagination et du courage à revendre. C'est certain !

–Oh, merci, bafouilla Alice. Mais… qu'est-ce que vous faites ici, tous les deux ?

Avec un sifflement, une énorme boule noire et blanche roula entre les troncs. L'agent Noirbedon esquissa lentement un sourire.

–Nous sommes tous venus…, marmonna-t-il en mâchonnant une tige de bambou… te féliciter… pour ta… détermination, ta patience… et ta ruse… Bravo !

–Nous sommes là pour te soutenir, bien sûr ! s'exclama Marlena. Le commandant Phil est parfois sévère avec les nouvelles recrues… la plupart n'arrivent pas jusque-là. Nous tenions à te dire que, quoi qu'il arrive, tu as été une élève fantastique. Nous sommes ravis d'avoir été tes professeurs.

–Nous sommes tous avec toi, ajouta Aristophane, en croisant ses quatre bras.

Alice était flattée… mais pas vraiment rassurée. Si le commandant Phil décidait qu'elle n'avait pas l'étoffe d'un agent, ses aventures se termineraient là… et tout cela ne serait plus qu'un rêve lointain.

C'est alors qu'Elton remit le réfracteur de pluie et, dans un éclat de lumière, son hologramme apparut sur le sable. Il agita l'une de ses pattes vers les autres agents.

–Bonjour à tous ! Je m'appelle Elton et je suis heureux de vous connaître !

Il retira ses lunettes de pilote pour mettre ses lunettes de soleil à paillettes.

–Quel endroit magnifique !

Alice était du même avis. Et elle fit de son mieux pour oublier la décision du commandant Phil et s'approcha d'Elton.

–Tu dois être impatient de retrouver ta colonie. Viens, allons les rejoindre !

Elle s'apprêtait à prendre l'abeille dans sa paume lorsqu'un étrange grondement retentit, de plus en plus puissant. Entre les branches des arbres, elle vit des perroquets s'envoler, comme si quelque chose approchait...

Un nuage noir émergea de la forêt. C'était un essaim d'abeilles qui fonçaient vers la clairière et l'hologramme d'Elton, en bourdonnant joyeusement.

–Lucinda ! Geoffrey ! Rachid !...

Avec des bonds, Elton criait les noms de ses compagnons.

–Vous m'avez tellement manqué ! Comment est notre nouvelle ruche ? Vous avez dansé sans moi ?

Ses antennes vibraient si vite qu'Alice ne les voyait presque plus.

–Ton duvet est si doux ! disait-il à une autre abeille. Et tu as fait briller tes ailes !

Il baissa ses lunettes et se tourna vers Alice avec le plus radieux des sourires.

–Merci ! Merci pour tout !

Le brouhaha retomba, car une autre abeille se plaça dans l'hologramme avec Elton. Elle était plus grande, avec un duvet doré, et elle portait une minuscule couronne en écorce de bois.

Elton s'inclina.

–Votre majesté.

La reine éclata de rire et lui tendit ses petites pattes pour le relever et le serrer contre elle.

Alors qu'Alice regardait la scène, un sentiment de bonheur l'envahit, aussi chaud qu'un rayon de soleil. Soudain, l'essaim s'écarta. Un dindon aux plumes noires avançait vers elle en se dandinant. Enveloppé dans un gros manteau, il portait un bonnet en laine, des gants et des chaussures de marche.

Le commandant Phil s'épongea le front avec son aile, avant de retirer son bonnet et ses gants.

–Désolé du retard: je reviens juste d'une mission de sauvetage dans l'Himalaya.

Il sortit un bloc-notes de sa veste.

–Bien. Avant toute chose, vous êtes sans doute impatiente de connaître mon avis sur votre première mission, Mademoiselle Lerisque.

Alice se figea. Devant la joie d'Elton, elle en avait presque oublié son évaluation. Elle observa le visage de ceux qui l'entouraient : Attie, Elton, ses professeurs… elle ne voulait décevoir personne. Et encore moins elle-même.

Le commandant Phil examinait une liste et prit quelques notes. Puis il regarda Elton.

–… Abeille disparue : retrouvée et sauvée, marmonna-t-il. Insectes rares : libérés. Ennemis de la SUPER : arrêtés…

Il bomba la poitrine.

–… Planeur : endommagé. Atterrissage : manqué. Prise dans un filet. Hum…

Il redressa le bec.

–Avant de prendre ma décision, j'ai une dernière épreuve à vous faire passer.

Alice lança un regard paniqué à Attie. Personne ne lui avait parlé d'une dernière épreuve !

–Mademoiselle Lerisque, imaginez ceci: la SUPER vous confie la mission de délivrer une baleine à bosse, prisonnière d'un filet de pêche en Antarctique, déclara Phil. Vous pouvez demander à un seul équipier de vous accompagner. Lequel choisiriez-vous?

Alice serra les poings et réfléchit. Aristophane était un poulpe, donc mieux adapté à l'eau. Mais Marlena semblait plus douée pour se faufiler entre les mailles du filet... Enfin, Alice redressa la tête.

–Si je devais choisir un animal pour cette mission, ce serait mon équipier, l'Agent Attenborough. Parce que nous formons une très bonne équipe, quelle que soit la mission.

Le commandant Phil haussa les plumes de ses sourcils.

–Je vois. Dans ce cas, ma décision est prise.

Les abeilles bourdonnaient nerveusement et Alice se mit à trembler. Avait-elle donné la bonne réponse?

Le commandant pointa son aile vers elle et toussota.

–Félicitations, agent Lerisque! Vous avez fait preuve d'adresse sur le terrain et vous avez compris notre esprit d'équipe. J'ai le plaisir de vous proposer le rôle de SUPER agent permanent.

Alice se sentit rougir, gagnée par la joie.

–Vraiment? Je m'en suis bien sortie?

Phil acquiesça, faisant trembler sa caroncule.

–Mieux que cela! Vous avez été fantastique! Votre équipier a fait un excellent rapport.

–C'est vrai? s'exclama Alice en se tournant vers Attie. Oh, merci!

Sans réfléchir, elle le prit dans ses bras pour le serrer contre elle.

Il remua la queue tout en essayant de se libérer.

–Pas… pas de quoi, Alice. Mais pitié, reposemoi par terre!

Le commandant Phil frappa dans ses ailes.

Chapitre 8

–C'est donc décidé, SUPER agent Lerisque : bienvenue chez nous ! Vous repartirez bientôt en mission avec Attie. Bonne chance !

Tous les agents lançaient des cris de joie, applaudissaient, faisaient des bons et agitaient les bras ou les tentacules. Les abeilles virevoltèrent autour d'Alice.

–Je crois que c'est le moment idéal pour une danse, s'exclama Elton. Toute la ruche en place !

–Oh oui ! cria Phil en levant les ailes et en secouant ses plumes. Musique !

Dans sa chambre, Alice lisait une carte postale envoyée par Elton. C'était une photo de lui, allongé dans sa nouvelle ruche. Il portait des lunettes à paillettes en forme de croissant de lune et sirotait un nectar rose décoré d'un parasol en papier. Il écrivait à Alice que sa patte n'était pas tout à fait rétablie, mais qu'il avait déjà mis au point une nouvelle chorégraphie : la samba de la ruche. Alice était heureuse qu'il ait retrouvé sa famille.

Elle plia soigneusement son SUPER uniforme et le rangea sous son lit, tout en se demandant quand elle le ressortirait. Le commandant

Phil devait la contacter avec Attie dès qu'une nouvelle mission serait lancée. En attendant, elle devait continuer son entraînement avec Marlena, Aristophane et Noirbedon.

–Alice ! lui cria Oncle Douglas depuis le couloir. Ce ronronnement recommence ! C'est la troisième fois cette semaine. Je me demande d'où il vient…

Alice sursauta.

–Euh, c'est sûrement le chat des voisins qui ronfle !

Oncle Douglas marmonna et repartit dans la cuisine.

–Si tu veux mon avis, personne ne devrait voir ou entendre ces animaux de compagnie. Ni même les sentir, d'ailleurs…

Alice esquissa un grand sourire. Oncle Douglas savait si peu de chose du monde animal qu'il était incapable de reconnaître le ronronnement d'un chat. D'ailleurs, ce ronflement n'était pas du tout celui d'un chat.

Roulé en boule sur son lit, Attie dormait profondément. Lorsqu'il n'était pas en mission, il ne portait pas son uniforme, ce qui signifiait que, de temps en temps, Alice parvenait à le caresser. Dès qu'elle le faisait, Attie ronronnait comme un chat.

Elle décida d'ajouter cette information à ses notes.

Chapitre 9

Attie (*Rhynchocyon petersi*)

Il déteste : la danse, les rubans (mais Elton essaie de le faire changer d'avis).
Il aime : les sandwichs à la banane frite et aux graines de courge. Et qu'on le caresse !
Remarque : il apprécie peut-être les filles humaines, après tout…

Chère lectrice, cher lecteur,

Ici le commandant Phil. J'ai des informations importantes pour vous.

La SUPER protège les plantes et les animaux menacés dans le monde. Les agents Attenborough et Lerisque ont réussi leur mission dans la forêt atlantique, mais ils ont maintenant besoin de votre aide.

Êtes-vous motivés ?

Nous recherchons des agents pour nos missions infiltrées. En tant que SUPER agents, vous devrez agir de façon responsable, avec détermination, vivacité et ingéniosité chaque jour.

Quel est le problème ?

La forêt atlantique est un endroit extraordinaire. Elle s'étend sur des régions du Brésil, du Paraguay et de l'Argentine. Il y fait très chaud et il y pleut presque tout le temps : le temps idéal pour les vingt mille espèces de plantes et les deux mille espèces d'animaux qui y vivent. D'ailleurs, la forêt atlantique abrite de nombreuses espèces qu'on ne trouve nulle part ailleurs dans le monde. Nous devons donc les sauvegarder !

Malheureusement, certains humains ont décidé de tout chambouler. Chaque minute, on détruit l'équivalent de vingt terrains de foot dans les forêts dans le monde. Les humains veulent cet espace pour y installer des troupeaux, des plantations, ou pour y construire des maisons ou des usines. Une partie de la déforestation est également causée par une exploitation forestière illégale : c'est-à-dire qu'on y coupe des arbres sans autorisation.

QUI EST EN DANGER ?

Des milliers d'espèces peuplent la forêt atlantique, des gros chats comme le jaguar aux mouches les plus minuscules.

On y découvre encore de nouvelles plantes et des animaux inconnus, comme la « mante licorne », une mante religieuse qui semble avoir une corne au milieu de la tête. Mais avec les activités humaines, la coupe de bois, la culture intensive, donc la déforestation, beaucoup de créatures sont menacées d'extinction.

ESPÈCES MENACÉES

C'est un petit singe du continent américain, avec une fourrure d'un orangé éclatant. Il dort chaque soir dans un nouveau terrier, pour se protéger des prédateurs.

Aussi appelé « singe-araignée laineux », il est le plus grand singe d'Amérique du Sud.

LE MURIQUI DU NORD

L'AMAZONE À JOUE BLEUE

Lorsqu'il déploie sa queue, il révèle une ligne de plumes rouges.
Il se nourrit de fruits, de graines, de noix et de baies.

Un gros oiseau
très bruyant
aux plumes noires.
Le mâle a un bec rouge.

LE HOCCO À BEC ROUGE

LA GRENOUILLE CENTRALE BOURDONNANTE

Cette espèce est
très rare. Le bout
de sa queue est bleu.

LA LIBELLULE À QUEUE BLEUE

CE QUE TU PEUX FAIRE :

Fabrique ton propre poster !

Informer les gens, c'est la meilleure façon de leur faire prendre conscience du problème de la déforestation et de leur expliquer comment agir. Ton poster peut comporter des dessins, des explications sur ce qu'il se passe dans la forêt atlantique. Parles-en à tes amis, tes professeurs, et montre les conséquences sur la faune et la flore. Pourquoi ne pas réaliser un projet avec toute ta classe ?

Invite les abeilles dans ton jardin !

Les abeilles sont à protéger chez toi et pas seulement dans les régions tropicales ! En plaçant des récipients légèrement remplis d'eau dans le jardin, tu leur permets de s'hydrater après leur vol. Les abeilles adorent le bleu, le violet et le jaune : à toi de faire pousser des fleurs colorées dans ton jardin.

Garde la banane !

Lorsque tes parents achètent des bananes, du café, du chocolat ou du thé, demande-leur de choisir des produits issus du développement durable. Cela signifie qu'on les cultive de façon à ne pas produire un impact négatif sur l'environnement.

À votre bon cœur !

La SUPER n’est pas la seule organisation à s’engager pour préserver la forêt tropicale. Certaines font un travail énorme ! En vendant des gâteaux ou en organisant une collecte au profit de la sauvegarde de la forêt tropicale, tu peux donner la recette au WWF (Fonds mondial pour la nature), à la Rainforest Alliance, au World Land Trust, à la Nature Conservancy, entre autres.

Attention au papier !

Le papier, les mouchoirs et même les meubles sont fabriqués à partir d'arbres. Vérifie toujours que les produits que tu achètes certifient une bonne gestion des forêts et la préservation des espèces qui y vivent.

Bonne chance ! La SUPER compte sur toi !

À bientôt,

Le commandant Phil.

NOTES DE TERRAIN

NOTES DE TERRAIN

CHOSES À INVENTER
POUR RENDRE LE MONDE MEILLEUR

Les autrices :

Jennifer Bell

La série *Les Extraodinaires* de Jennifer Bell a été vendue dans quinze pays et a connu un succés immédiat. Inspirée par son ancien métier de libraire jeunesse, Jennifer aime créer des mondes magiques et fabuleux.

Alice Lickens

Alice Lickens est une autrice, illustratrice et designer basée à Londres. Elle a reçu la prestigieuse bourse Sendak et est également designer à la London House of Illustration.

L'illustratrice :

Pauline Duhamel

Originaire d'un petit village de Provence, Pauline Duhamel se découvre très tôt une passion pour les livres ainsi que pour le dessin. Après des études d'arts appliqués à Paris, elle s'oriente naturellement vers l'illustration jeunesse. Elle a travaillé avec les éditions Talents Hauts, Flammarion, Fleurus, Bayard Presse, et Samsung Publishing. En 2011, elle a publié son premier livre en tant qu'autrice et illustratrice, *Dix petits écoliers* (Chocolat ! Jeunesse). Chez Albin Michel Jeunesse, elle a déjà illustré les deux tomes des *Enquêtes d'Emily Evans* et l'album *J'aimerais te parler d'elles*.

Retrouvez les autres aventures d'Alice Lerisque

Conception graphique : Delphine Guéchot
Éditions Albin Michel Jeunesse
22, rue Huyghens
75014 Paris
ISBN : 978 2 226 45108 8
N° d'édition : 23992/02
Dépôt légal : janvier 2021
Loi n° 49-956 du 16 juillet 1949 sur les publications destinées à la jeunesse.
Imprimé en France par Pollina - 98676.